LO QUE HIZO RICARDO

RICARDO'S ADVENTURES

1921

Anónimo / Anonymous

Compiladores / Curated by

Armando Miguélez Martínez / Óscar Somoza Urquídez

Traducción al inglés / English translation
Óscar Somoza Urquídez

Edición / Edited By
Óscar Somoza Urquídez / Armando Miguélez Martínez

PREAMBULO Y DEDICATORIA

Hacer memoria de nuestros antepasados y reconstruir una pequeña parte de su legado es un honor. Desde nuestros bisabuelos hasta nuestros nietos, que unen el pasado con el presente, como un espejo en el que podemos vernos día tras día. Y desde el amor por la lectura que nos legaron aquéllos, nos ha servido de aliento a cada paso en este proceso. Por lo mismo, y como tributo y homenaje para al pueblo mexicano de los Estados Unidos que ha creado, atesorado y difundido esta hermosa herencia literaria a través de los siglos, contra viento y marea a veces, para beneficio y deleite de los pequeños lectores de hoy en día.

También para nuestras hijas e hijos: Melina, Jazmín, Armando, Xana, Ariana y Armando; nietas y nietos: Citlali, Nahuel Amado, Leo, Santiago, Lara, Isaac y Milo Sebastián.

Esperamos que estos cuentos sean recuerdos de divertidos y tiernos momentos de su propia niñez, y que puedan gozar de nuevo cuando los lean a sus propias hijas y nietos.

Para todos los niños de la tierra: niños de edad, sensibilidad y esencia.

PREAMBLE AND DEDICATION

To the memory of our ancestors, it's an honor to reconstruct a small part of their legacy. From the time of our great grandparents to our grandchildren, who connect the past with the present, it is like a mirror where we can see each other day after day. The love of reading that they continue to pass on to the younger generations has inspired us at each step in this process. This is a tribute to the Mexican people in the United States for having created, treasured, and disseminated their beautiful literary heritage for hundreds of years, many times against all odds, for the benefit and enjoyment of today's young readers.

For our children: Melina, Jazmín, Armando, Xana, Ariana, and Armando; and for our grandchildren: Citlali, Nahuel Amado, Leo, Santiago, Lara, Isaac, and Milo Sebastián.

We hope that these stories are reminders of fun and tender moments of their own childhood and that provide enjoyment when they read them to their own children and grandchildren.

For all the children around the world: children inage, sensitivity, and essence.

— *Se metió entre las patas del caballo y levantó a la niña, que iba a morir aplastada sin remedio, dijo Ricardo, sin poder casi respirar tan intensa era su emoción. Yo mismo lo vi. Todos los que estaban presentes aplaudieron entusiasmados. Pero el muchacho, sin detenerse más que lo indispensable para poner a la niña en brazos de su mamá, desapareció sin esperar a que le dieran las gracias, diciendo que temía perder el tren.*

— *He jumped in between the horse's legs and rescued the little girl, who inevitably was going to die hopelessly crushed, said Ricardo; so intense was his emotion that he could hardly breathe. I saw it myself. Everyone cheered enthusiastically. But the young man, without stopping more than necessary to take the girl to her mother, disappeared without waiting for anyone to thank him, and told everyone that he didn't want to miss the train.*

— *El que hace lo que él hizo no puede tener miedo a nada, ¿no es cierto papá?*

— *No sé, hijo mío,* contestó sonriendo el señor Denet:

— *Dicen, sin embargo, que a veces los hombres más valientes se asustan de cosas insignificantes; he conocido más de un bravo que no se habría atrevido por nada del mundo a ponerse en manos de un dentista.*

Estas palabras llenaron de asombro a Ricardo. Tan compleja era la cuestión que no logrando solventarla satisfactoriamente en su casa, salió al campo en busca de inspiración. El suceso que había presenciado en la calle lo había excitado y emocionado extraordinariamente; deseaba saber si tendría él la presencia de ánimo de que había dado pruebas el muchacho que salvó a la niña, y echó a andar, absorto en sus pensamientos, sin darse cuenta de la dirección que seguía.

— *You can't be afraid of anything if you do what he did, isn't that right, father?*

— *I don't know, son,* replied Mr. Denet smiling:

— *They say, however, that sometimes the bravest men get scared by insignificant things; I have known more than one brave man who wouldn't dare for anything in the world to go to a dentist.*

Ricardo was surprised by his father's words. So complex was this matter that he couldn't resolve it satisfactorily, so he went on a journey trying to find the answer. The incident that he witnessed in the street had inspired him in a big way; he wanted to know if he would have the same courage as the young man who saved the girl, and began walking, deep in thought, and without realizing in what direction he was going.

De pronto, al alzar la cabeza, se encontró frente a un cartelón en el cual se leía en letras grandes:

Cuidado Con los toros

Ahora bien, si en el mundo había algo que llenase de terror a Ricardo, eran precisamente los toros. Hay que decir sin embargo que su terror no tenía razón de ser, puesto que jamás había sufrido el daño más insignificante de parte de esos animales. Pero, con razón o sin ella, lo cierto es que les temía como al diablo, y que antes que decidirse a pasar por su lado habría sido capaz de andar sobre ascuas. Leyó una y otra vez el cartelón, y se dio cuenta de que, sin fijarse en ello, había dirigido sus pasos hacia el campo del señor Guriol.

Continuaba contemplando el fatídico cartelón cuando sintió a sus espaldas las pisadas de un toro desmandado: giró sobre sus talones, y con un pavor que no es para descrito, vio que el toro lo había descubierto y venía hacia él.

He suddenly looked up, and right in front of him there was a sign with big letters:

Beware of the Bulls

If anything really frightened Ricardo, it was precisely the bulls. However, his fear was unjustified, because these animals had never harmed him. But, justified or not, he feared them terribly, and before he crossed over to their side, he would rather walk on fire. He read the sign several times, and suddenly realized that he was already in Mr. Guriol's pasture.

He was looking at the ominous sign when he heard the hoof sounds of a runaway bull and turned around. He panicked with horror when he saw that the bull had noticed him and was running in his direction.

Armado de su bastón iba Ricardo, pero no entraba en sus propósitos hacer frente al bruto. Presa de un temor que había helado la sangre en sus venas, vio que el único camino que conducía a la puerta de la cerca por donde él había entrado momentos antes, aparecía bloqueado por un grupo de vacas, sólo en un grado menos formidable que el toro. Entonces resolvió confiar su salvación a la velocidad de sus piernas y, al efecto, partió como una flecha en dirección a un árbol que aparecía en un recodo.

Ricardo had a cane, but didn't have the courage to confront the beast. He froze out of fear and realized that the only way back to the gate was blocked by a herd of cows, but less dangerous than the bull. He felt that his speed could help him escape, and took off really fast uphill in the direction of a tree.

Desgraciadamente, el árbol estaba lejos, y aunque el miedo parecía poner alas en los pies del fugitivo, el toro corría más rápidamente que él. Antes que pudiera llegar al árbol salvador, Ricardo tropezó y cayó y, al querer levantarse, el toro lo alzó entre sus cuernos. Ricardo se sintió sujeto por la chaqueta; hizo esfuerzos desesperados y logró verse libre, no sin dejar en la refriega un trozo de la prenda. Antes que el toro se hubiera repuesto de su sorpresa, el muchacho estaba encaramado ya en el árbol.

Cualquiera que le hubiese visto en aquel momento, le habría tomado por todo antes que por héroe. A sus pies estaba el toro, escarbando furioso la tierra, haciendo flamear en sus cuernos el girón arrancado a la chaqueta y contemplando a su víctima con ojos de codicia. Ricardo se acordó del muchacho que había realizado la hazaña de salvar a la niña, y se preguntó qué haría ese muchacho en las circunstancias en que él se encontraba.

Unfortunaterly, the tree was far, and although fear could almost make him fly, the bull was running faster. Before he could get to the tree, Ricardo tripped and fell and, when he wanted to get up, the bull picked him up by the horns. Ricardo felt the bull grab him by his jacket, made some desperate moves and freed himself, not without leaving behind a piece of cloth. Before the bull could recover from the surprise, the boy was already on the tree.

If anyone saw him, they would have considered him anything but a hero. The bull was at the bottom of the tree furiously digging, flapping with its horns the piece of cloth, and looking anxiously at his target. Ricardo remembered the exploits of the boy who had saved the girl, and asked himself what that boy would do in the same situation.

— *Por mucho que me duela confesarlo,* pensaba Ricardo, *me parece que él no se habría visto en esta situación porque habría sabido prevenirla... Estoy creyendo que no tengo presencia de ánimo.*

Pasaba el tiempo, y Ricardo continuaba prisionero en el árbol. El toro no parecía dispuesto a abandonar a su presa, y cada movimiento de éste le encolerizaba más y más. Al fin, los gritos de Ricardo atrajeron a uno de los vaqueros, que se llevó al animal.

Nuestro amigo pudo bajar entonces del árbol, con el traje hecho jirones, llena el alma de pena, yerto, aterido y muerto de cansancio. Después de explicar a los peones su aventura, que más bien podría llamarse desventura, emprendió el camino a su casa, triste y cariacontecido. Se había convencido de que no era de la madera de que se hacen los héroes.

— *As much as it hurts to accept it,* thought Ricardo, *he wouldn't have found himself in this situation because he would have found a way to prevent it... I'm beginning to suspect that I'm a coward!*

Time went by and Ricardo was still captive on the tree. The bull wasn't willing to abandon its prey, and each time Ricardo moved it angered the bull even more. Finally, Ricardo's screams caught the attention of one of the cowboys, who took the animal away. Ricardo came down from the tree with his clothes ripped, really embarrassed, still scared and very tired. After explaining to the workers his adventure, which could also be called a misadventure, he went home, sad, crestfallen and very discouraged. He convinced himself that he wasn't cut out to be a hero.

Bordeaba el camino un río, y poco trecho había recorrido Ricardo cuando vio un tropel de gente que corría en desorden de acá para allá, gritando y señalando con las manos algún objeto que debían arrastrar las aguas. Apresuró el paso, y al llegar a corta distancia del grupo, oyó que una mujer gritaba con voz desgarradora:

— *¡Se ahoga! ¡Sálvenla por Dios! ¡Sálvenla!*

Tendió Ricardo sus miradas por el río, y vio que la corriente arrastraba a una niña, a no gran distancia de la orilla. Eran muchos los que gritaban dando instrucciones a la niña que se ahogaba, unos recomendándole que procurase mantenerse a flote, otros que hiciera lo posible por aproximarse a la costa, éstos que moviese las manos, aquéllos que no diera punto de reposo a los pies. Pero cierto es que nadie hacía lo único que había que hacer en tales circunstancias: echarse al agua.

A river rushed by the road, and Ricardo had covered a short distance when he suddenly saw a crowd of people scrambling in all directions, screaming and pointing to an object dragged by the water. He picked up the pace, and when he got near the group, he heard a woman desperately cry out:

— *She is drowning! By God, save her! Save her!*

Ricardo looked down the river, and saw that the young girl was being dragged by the current close to the riverbank. People were yelling at the girl telling her to stay afloat, others to get close to the bank, and still others to move her arms, and still others to not rest her feet. But no one did the only thing that has to be done in these situations: jump in the water.

Ricardo no titubeó un instante. En menos de dos segundos se despojó de una parte de sus ropas y se tiró al río. Nadador admirable, poco trabajo costó aproximarse a la niña, la cual intentó asirse a Ricardo no bien le vio al alcance de sus manos, pero comprendiendo éste, que, si se dejaba agarrar, perecerían probablemente los dos. Se desvió, describió un semicírculo y asió a la niña náufraga por la espalda. Momentos después, la sacaba sana y salva a la orilla.

La mamá de la niña estaba esperando, enloquecida casi de angustia, y en cuanto vio en sus brazos a su hija colmó de bendiciones a su salvador.

Ricardo did not hesitate for an instant. He quickly took off some clothing and jumped in the river. A skilled swimmer, he easily got close to the girl, who tried to hold on to him as he got near, but Ricardo knew that, if he let her hold him, they both would drown. He took a detour, made a half circle and grabbed the girl by her back. Soon after, he took her out to the bank, safe and sound.

The young girl's mother was waiting, anguished and almost out of her mind, and as soon as she saw her daughter in his arms she couldn't thank and bless him enough.

Ricardo se escapó de aquel lugar tan pronto como pudo substraerse a las alabanzas de que era objeto, ávido de llevar cuanto antes a sus papás la noticia de lo ocurrido.

Ricardo slipped away from the place as soon as he could, still receiving praises and commendations, and eager to tell his parents right away what had happened.